안녕, 독도!

안녕, 독도!

발행일	2023년 1월 27일		
지은이	이기동		
펴낸이	손형국		
펴낸곳	(주)북랩		
편집인	선일영	편집	정두철, 배진용, 김현아, 윤용민, 김가람, 김부경
디자인	이현수, 김민하, 김영주, 안유경	제작	박기성, 황동현, 구성우, 권태련
마케팅	김회란, 박진관		
출판등록	2004. 12. 1(제2012-000051호)		
주소	서울특별시 금천구 가산디지털 1로 168, 우림라이온스밸리 B동 B113~114호, C동 B101호		
홈페이지	www.book.co.kr		
전화번호	(02)2026-5777	팩스	(02)3159-9637

ISBN   979-11-6836-702-9 03810 (종이책)   979-11-6836-703-6 05810 (전자책)

(주)북랩 성공출판의 파트너

북랩 홈페이지와 패밀리 사이트에서 다양한 출판 솔루션을 만나 보세요!

홈페이지 book.co.kr   •   **블로그** blog.naver.com/essaybook   •   **출판문의** book@book.co.kr

작가 연락처 문의 ▶ ask.book.co.kr

작가 연락처는 개인정보이므로 북랩에서 알려드릴 수 없습니다.

이기동
시조집

안녕,
독도!

조국의 언어를 엮어 만든
온전히 빛나는 삶의 궤적들

북랩

시인의 말

시조를 이해하는 데 도움이 되기를 바라면서 간략히 적어 본다.

시조는 詩調(시 시, 고를 조)가 아니라 時調(때 시, 고를 조)이다. 즉 시대(時代)의 어떤 사건이나 개인적인 일에 대한 심경을 압축한 것이라고 할 수 있다.

시조는 우리 민족이 만든 독특한 정형시(定型詩)의 하나이다.

참고로 다른 나라의 정형시를 알아보면 일본은 하이쿠(俳句)로 5, 7, 5의 3구(句) 17음(音) 형식의 단시형(短詩型)이 있다.

중국은 한시(漢詩)로 오언율시(五言律詩)와 칠언절구(七言絶句)가 있다.

유럽에는 소네트(SONNET)라는 14행시가 있는데, 소곡(小曲)이라고도 불린다. 소네트 중 가장 아름다운 것은 이탈리아 시인 페트라르카의 〈칸초니에레〉로 알려져 있다.

안녕, 독도!

시조는 고려 중기에 형성되어 고려 말에서 조선 초기에 완성되었다고 보는 것이 일반적이다. 양반과 평민이 모두 지었던 국민 문학이라고 할 수 있다.

3대 시조집으로는 청구영언(靑丘永言), 해동가요(海東歌謠), 가곡원류(歌曲源流)가 있다.

앞서 말했듯 양반과 평민 할 것 없이 국민의 주체성을 표출하기에 적절한 시조의 종류는 다음과 같다.

1. 평시조(平時調)

시조의 중심이 되는 형식으로, 3장(章) 6구(句) 12음보(音步)로 총 42~47자이다.

	1구		2구	
초장 (初章)	1음보	2음보	3음보	4음보
	동창이 **3**	밝았느냐 **4**	노고지리 **3~4**	우지진다 **4**
	기(起)			
	3구		4구	
중장 (中章)	1음보	2음보	3음보	4음보
	소치는 3	아이들은 4	어태 아니 3~4	일어났냐 4
	승(承)			

종장 (終章)	5구		6구	
	1음보	2음보	3음보	4음보
	재 넘어 ※ 3	사래 긴 밭을 5~6	언제 갈려 3~4	하나니 3~4
	전(轉)		결(結)	

2. 연시조(聯詩調)

평시조가 2수 이상이 모여서 된 시조이다.

현대 시조에 많이 쓰이고 있다.

3. 엇시조(旕時調)

초, 중, 종장 가운데 어느 한 장이 6~7음보로 이루어진 시조이다.

평시조와 사설 시조의 중간 형식으로 중장이 길어진 형식이 일반적이다.

4. 사설시조(辭說時調)

초, 중, 종장 가운데 어느 한 장이 8음보 이상 길어지거나 각 장이 모두 길어진 산문시 형식의 시조이다.

　평시조의 기본 음율과 산문율이 혼용된 산문체의 시조 형태로 장시조(長時調) 또는 장형시조(長型時調)라고도 한다.

5. 양장시조(兩章時調)

　중장을 빼고 초장과 종장으로만 이루어진 형식으로 2장시조라고도 한다.

6. 옴니버스(omnibus) 시조

　하나의 주제로 평시조, 엇시조, 사설시조, 양장시조를 모두 아우르는 혼합연형시조이며 그 시발점은 윤금초의 〈청맹과니 노래〉이다.

7. 동시조(童時調)

　동심(童心)을 담아내는 시조이다.

　시조는 조화와 균형, 응축(凝縮)과 절제의 아름다움이 있으며 독창적이고 구체적인 주제와 제재(題材)가 풍부

하다.

 현대시조는 현대인의 생활과 감정, 사상을 표현하고 있다. 현대시조는 음수율(音數律-3·4조, 4·4조 등)이 고시조에 비해 자유롭고, 각 장을 하나의 연처럼 2행씩으로 만들어 한 연으로 삼아 3연 6행으로 만드는 구별배행(句別排行)시조 및 연시조(聯詩調)가 많다.
 순수한 고유어를 많이 사용하고 개성적인 표현이 두드러지며 시조의 제목이 있다.

 독자분들께서도 음수율에 맞춰 시조를 지어 보시기 바랍니다.

2023년 1월
시조와 더불어 흐르며
이기동

차
례

제2부

2022 월드컵

제3부
사물놀이

제4부
한우리

제5부

안녕, 독도! _ 옴니버스 시조

제1부

봄을 기다리며

봄을 기다리며

돌틈에 스며있는 차가운 이야기들
졸졸졸 내놓으며 미풍과 속삭일때
깊은 골 넋놓은 폭설
시나브로 흐른다

고요를 건드리며 얼음에 손짓하고
덜 깬 잠 한쪽 뜨고 강버들 바라보니
모두가 봄 기별듣고
발끝 살짝 나선다

바람의 두드림에 꿈깨는 물레방아
추억을 되돌리며 부스럭 작은 몸짓
새로운 햇살을 따라
아지랑이 부른다.

봄, 기다림

모란은 벌써 지고 벚꽃은 날리는데

가슴엔 안타까운 얼룩진 그림자만

뒤돌아 물결을 보면 마음 가득 파문만.

봄비

겨우내 헤매이던 메마른 동굴지나
조갈난 대지위에 생명수 환한 단비
겨울잠 눈뜨지못한 숨결들이 꿈틀댄다

하늘의 깊은 울음 마음에 적셔지고
내 영혼 어디있나 두 손을 꼭 잡고서
말없는 눈물골짜기 흐르며 울컥울컥

온 땅을 뒤흔드는 뜨거운 생명들이
산고(產苦)를 품에 안고 희열로 거듭날 때
가슴엔 빗물이 넘쳐 치솟는 용틀임이.

봄눈

두드려 문을 여니 봄에 온 겨울손님

떠나기 아쉬운 듯 새싹에 눈물쏟네

차가워 옷깃 세울 때 시샘하는 꽃바람.

꽃비

그리움 피었다는 반가운 환호성에

온몸을 불태우며 한숨에 달려가니

세상이 저 혼자인양 흠뻑젖은 환한꽃.

쑥

바람에 묻지않고 사알짝 내밀고서

다가올 아지랑이 따스히 만나려고

조그만 내밀었는데 쑥~ 나왔다 반기네.

안녕, 독도!

여름

태양도 무더워서 구름속 작은방에

슬며시 누웠다가 찾아온 바람따라

흐르는 땀을 훔치며 너무 더워 떠나네.

여름, 그 흔적

불청객 남기고 간 깊고 긴 상처들이
마음속 삶 가운데 허물어진 꿈의 흔적
다시는 만나기 싫어 불러보는 이별가

무너진 생명들이 토해내는 삶의 자취
있어도 없는것이 눈앞에 살아있어
깊고 긴 계곡 끝에서 하늘보고 땅보고

하나된 마음들이 모이고 쌓이면서
생명을 잉태하는 절망 끝 소망의 길
솟구친 격렬한 사랑 빗속뚫고 하늘로.

가을비

석양의 차가운 빛 쓸쓸히 내려가고

마음은 빗속에서 외로이 흐르는데

길 잃고 떠도는 가을 어디에서 머물꼬.

가을 바다

땀방울 더위속에 파도밀며 마음열어
찬란히 수놓아진 그리움 띄워놓고
동행한 파도소리에 식혀가는 시간들

붉은빛 출렁이는 바다 끝 하늘끝에
그리움 가득채운 격정 높은 자맥질로
목마른 구름 적시는 하얀 포말 한모금

물때에 추억풀어 빈 생각 채우려고
손대면 물러나고 물러서면 다가오는
빈 갯벌 마음에 걸린 작고 푸른 그리움.

단풍

사랑이 붉을수록 봄날을 생각하고
가을엔 여름날의 열꽃을 잊지못해
하나된 몸과 몸 사이에 타오르는 화끈함

옛꿈을 가득 품은 찬란한 자태마다
황홀한 숨을 쉬며 춤사위 너울너울
높바람 마음마음에 스며드는 차가움.

낙엽(落葉)

시간이 멈춰버린 차가운 작은 몸짓
붉은빛 노을품고 자태를 뽐내지만
바람에 몸을 맡기고
불러보는 옛 노래

바스락 두드리니 찬바람 문 열고서
뒹구는 소식들을 흰 눈에 실려보내
다가올 훈풍에 얹힐
새단장을 꿈꾸네.

낙화(落花)

눈물도 말라가고 숨마저 식어가고

바람이 끄는대로 상처를 드러낸 채

어디에 머물러 있어도 잊으리라 그 황홀감.

안녕, 독도!

참새

텃밭에 옹기종기 화음맞춰 짹짹쪽쪽

입맞춰 나눠먹다 푸드득 빠른 눈치

갸우뚱 눈빛 맞추고 다시 차린 가을잔치.

겨울 삽화(揷畵)

雪

하늘은 세월속에 절정을 모으고서

산 들판 개울 마을 그 모든 기억품고

그리워 모천(母川)을 찾듯

하얀 이불 덮고서

花

된바람 넘겨주며 고요가 멈춰서면

수다한 바람들이 가지끝을 자극한다

생명은 칼바람 속에

꿈꾸는가 부활을

山

모든 것 드러낸 듯 모든 것 감추운 듯

묵음(默吟)에 정좌하여 어깨 어깨 이어가며

높음과 깊음 사이로

기다리는 메아리.

겨울, 새벽길

시작을 의미하는 손안에 다른 각오
차가운 시간들이 어깨를 누르는데
발동동 움켜진 마음 나를 찾는 그길로

잠잇은 가게 불빛 여명에 손짓하고
어둠을 보내려는 가로등 잠 청하고
굽혀진 폐지더미에 걸터앉은 빗자루

오르막 하얀 입김 각도를 낮추는데
목빼어 기다려온 막둥이 깊은 포옹
다져진 마음속 깊이 맺혀있는 꿈-꿈-꿈.

눈(雪)

쌓여저 포근하게
살며시 차가움에

손끝에 긴장타고
따스한 가슴으로

펼치는 순백의 낭만
마음의 창 열고서.

눈사람

동그란 순백(純白)의 꿈
환호성 쌓여지고

생기를 불어넣어
세상을 가득 품고

차디찬 포근한 사랑
정(情) 그리며 눈감네.

눈 오는 날

고향을 생각하면 추억은 쌓여가고
뜨거운 입김으로 연모의 정 녹일때
흐르는 눈물 감추며
창문닫고 눈 감는다

쌓이는 그리움에 포근한 환한 모정(母情)
몸 깊이 젖어들며 익어가는 사랑 열매
또 올까 다시보고는
돌아눕는 삶의 자취.

제2부

2022 월드컵

삶

입술에 담긴 사랑
따스히 스며들고

꽃다운 공간속에
마음 끝 다다르면

마음눈 감을때마다
꿈길따라 걸었네.

가로등

햇살이 남겨놓고 외출로 떠난 자리
어둠이 슬쩍와서 하나둘 고개들때
고독이 졸음 이기고
달아놓은 불빛 한 줌

시공(時空)을 초월하여 불변(不變)의 그 자리에
끝없이 기다리며 고개숙인 그리움
생각도 머물러있는
하나뿐인 외로움.

바둑

기초를 다진 곳에 검은 돌 먼저 놓고
생각이 멈춘 곳에 하얀 돌 나중 놓고
머릿속 도면을 보며 놓아가는 돌. 돌. 돌

기둥을 세워놓고 돌담을 연결하면
부딪친 감성들이 하나둘 깨어나고
돌과 돌 만난 곳마다 불꽃튀는 점. 점. 점

돌과 점 하나된 곳 무한한 묘수의 터
한울*에 단 한자리 깊고도 오묘한 곳
그 한곳 내 꿈이 될 때 무릎치는 집. 집. 집

---

* 한울: '우주'의 순수한 우리말.

폐성(廢城)에서

저 한(恨)은 기억속에 뜨거운 함성인가
그날의 칼바람에 퇴적된 결정체, 혼(魂)
명맥(命脈)이 영혼에 담겨 돌담따라 엉킨다

사방의 문(門) 박차는 고뇌찬 함성소리
차가운 시선들이 휘돌아 사무치면
공허한 그림자만이 장승들과 부딪친다

끊길 듯 시린 자리 생명의 망루 하나
지층이 흔들리며 잉태된 박동(博動)의 꿈
묻혀진 핏줄 깨우며 순산(順產)하는 영령들

무지(無知)의 군상들이 쏟아낸 욕망의 덫
곤두선 그림자에 무릎꿇고 하늘보니
뜨겁게 내려앉누나 아, 통곡의 성이여.

생각의 성(城)

좌우로 날선 검이 부딪쳐 갈라지고
오가며 외쳐대며 쌓이는 물음표에
갈등의 깊은 상처들 그물타고 긴 한숨

왜곡된 그물코에 자신만의 성(城)을 쌓고
탓하며 몰려가서 비린내 쏟아낼때
휘이청 흔들거리는 우리들의 자아상(自我像)

모두가 이어지며 모두가 하나인데
이념(理念)에 사로잡혀 모두 잃는 그물세상
베풀고 이끌어주면 피어나는 사랑꽃.

고인돌

이슬에 젖은 침묵 옛 모습 드러내고
뜨겁게 움직이는 고원(高原)의 높은 기상
노을진 돌 틈 사이로
이어지는 깊은 잠

발 끊긴 세월속에 두 발로 버텨내며
별똥별 흐름따라 심호흡 깊은 곳에
목에서 목숨을 보며
웅혼(雄渾)한 힘 용틀임

박동이 멈춘곳에 불기둥 꽃 피우고
억겁(億劫)의 무게안고 품어온 수많은 꿈
풀벌레 튀어오르며
내일은 축제의 장(場).

막차 사람들

오늘도 불빛따라 마을끝을 향해 간다
어둠이 덜컹대며 별빛을 흔들지만
하루의 거친 땀방울 열매되어 남는다

고요와 소란함이 어울려 하나되고
행복을 빚어내던 생각도 가라앉고
지친 몸 서로 나누며 소곤대는 보따리들

바람이 머물다가 사라진 차창 너머
웃음이 기다리는 불빛이 스며들면
피로를 밤으로 쉬는 아름다운 마음들.

톱질하면서

외로운 모서리에 옹이진 삶의 흔적
갈라진 틈 사이로 온몸을 던지는데
세월에 물들어가는
속살들의 절망감

현실이 아파하며 방황의 길목에서
도시의 낯선 모습 목에서 머무는데
옹골진 침묵에 담긴
시나브로 뒤틀림

각(角)이진 세월을 돌리려는 몸부림이
햇빛을 끌어안고 부딪치며 만든 형상
톱날에 반짝거리는
자그마한 꿈노래.

3만 년 꽃

죽음이 머무는 곳
툰드라* 깊은곳에

다람쥐 먹거리 속
삼만 년 잠자던 꿈

열매로 활짝 꽃 피운
아! 실레네 스테노필라**

---

*   툰드라: 영구동토층
**   실레네 스테노필라(Silene stenophylla): 빙하기 말기인 3만여 년 전 시베리아 지역의
    굴 속에 다람쥐가 숨겨 놓은 열매가 꽃을 피우고 열매를 맺었다. 학자들은 처음엔 씨
    앗을 이용해 옛 식물을 되살리려고 노력했으나 실패했다. 다른 접근이 필요했다. 동
    물로 치면 '태반 조직'과 같은 씨방 속 태좌(胎座·밑씨가 착생하는 기관)의 세포를 채취해
    배양액에서 키워 실험에 성공했다.

손안에 세상

선겁다* 휴대전화 그 이름 스마트폰
똑똑한 애칭(愛稱)만큼 손안에 세상 가득
없으면 대공황발생 마음동동 발동동

모여도 혼자이듯 대화가 끊겨지고
정감(情感)도 무뎌지고 관계도 엷어지고
흐려진 삶의 언저리 시나브로 사라지네

사라진 그 자리에 무음(無音)의 대화들이
딱딱한 정감(情感)들과 관심없는 관계들이
혼자서 세상을 향해 깊숙이 들어간다

모두가 머리숙인 지하철 예의지국
공유(共有)의 공간속에 외로운 쾌속질주
나홀로 손안에 세상 폰은 똑똑 사람은 독독(獨獨).

---

*   선겁다: 감동을 일으킬 만큼 훌륭하거나 굉장하다.

이번 정차역은

생각의 여유품고 세상을 두루보며
자연의 시간타고 뒷 모습 어루만져
내 갈길 되돌아보는 잠시 멈춘 간이역

서서히 사라지는 끈적한 사람내음
손 안에 다른 세상 첨단의 흐름타고
탈색된 이웃 옷자락 관심없는 무정차역

빠름의 유혹인가 눈과 손 번쩍이며
겸손의 숙임인가 푹 빠진 자기 세상
진실로 나는 누군가 나를 찾는 광대역*.

---

* 광대역: 정보 통신 기술 용어로, 기술 개발에 따라 범위도 확대되는 상대적 개념
으로서 보통보다 아주 넓거나 빠른 대역. 주파수 이 외에도 데이터 속도나 공간 개념
등을 나타낼 때에도 사용된다.

아리랑[*]

섬광에 애환신고 아리쓰리 투 원 제로
날 두고 가신 님은 천 만 리 솟아올라
발병이 어디로 갔나 사라진 아라리요

지구별 돌고 돌며 우리 님 어디있나
달 고개 별 언덕에 어헐사 아라성아
아리랑 아리당다중 어절시구 보고파

돌아올 기약없는 영혼의 노랫소리
그립고 아리다운 웅웅웅 아라리요
너와 나 우리 모두랑 넘겨주소 아리랑.

---

* 아리랑: 한국이 발사한 최초의 다목적 실용 위성.

달력

序
삼육오 사연사연 열둘로 나누어서
사계절 춘하추동 저마다 유별한데
연속된 흐름을 타고 하나되어 빛나네

1月
시작의 으뜸되어 마음 속 각오다져
큰 추위 작은 추위 이기며 멋진 출발
흰 눈과 차가운 바람 새로운 길 뚫어라

2月
땅속에 새 생명들 새 호흡 가다듬고
겨우내 얼어붙은 강물도 풀리면서
서서히 기지개켜는 만물들의 용틀임

3月
모두가 깜짝깜짝 화들짝 소생하고

봄노래 장단맞춰 밤과 낮 하나되어
저마다 꿈꾸던 소망 새싹되어 솟아라

4月
하늘은 맑아지고 마음은 밝아지고
단비에 백곡심고 나무는 물오르니
온몸을 들뜨게하며 요동치는 봄내음

5月
더위의 시작이라 못자리 보리누름
만물이 생장하여 온누리 가득차고
가정에 웃음꽃피니 온 세상이 환하네

6月
희망의 씨앗뿌려 고단함 일깨우고
태양은 높고 높아 한낮의 꿈은 길고
임 향한 사랑의 빛은 마음속에 드높다

7月
더위는 계곡들과 첨버덩 친구하고
한 줄기 소나기에 신록은 우거지며
아이들 즐거운 비명 태양마저 춤추네

8月

태양도 잠시 멈춰 서늘함 누리는가
곳곳에 황금바람 들판이 춤을 추네
빛따라 익어간 열매 땀 식히는 풍요함

9月

흰 이슬 따가운 볕 풍성한 오곡백과
오가는 깊은 정에 한가위 어절씨구
조금씩 깊어지는 밤 사랑가득 깊어라

10月

무서리 내려앉자 제비는 강남가고
산과 들 울긋불긋 삼천리 예술되니
하늘은 활짝 열리고 나랏 말씀 혼(魂)되네

11月

가을은 뒤안길로 겨울이 두드리네
찬란한 옷 벗고서 서설(瑞雪)의 흰 꿈 입고
온 세상 순백의 사랑 오고가며 야호호

12月
하얗게 펼친 세상 한 폭의 그림되어
가슴속 내려앉는 머어먼 옛날 애기
겨울밤 기나긴 꿈이 별빛되어 흐르네

終
오늘의 분분초초 한 해를 만드는데
달마다 녹아있는 끝없는 삶의 노래
한 쪽씩 펼쳐져 가는 우리 인생 모든 것.

항구

꿈속의 물결들이 흔들어 깨운 파도
부활을 되풀이한 그 오랜 진통끝에
새벽잠 툭툭 털어낸 햇살가득 수평선

뒤척인 갯벌 흔적 남겨진 가슴속엔
새로이 밀려드는 이국(異國)의 비린 내음
만선(滿船)의 희망을 품고 올려지는 새로운 닻

푸드득 튕겨지는 터질 듯 은빛 자태
손맞춤에 녹아지는 그물끝 푸른 물결
싱싱한 아침의 노래 부서지는 고단함.

팽목항

꿈속의 물결들이 흔들어 깨운 파도
부활을 염원하며 그 깊은 진통 끝에
새벽잠 털어내고도
언제일꼬 그 만남

갯벌도 뒤척이며 쏟아낸 검은 눈물
비린내 간곳 없고 비통만 잠기는데
만선의 기쁨 누리듯
다시보면 좋으련만

찌르르 다가오는 햇살도 안타까워
손과 발 마음으로 섬김의 하나되어
시련을 이기고 넘어
팽목찾는 넋과 혼.

바다
세월호, 가슴에 묻으며

청춘꽃 수놓아진 파도를 기다리고
웃음꽃 도란도란 눈앞에 아른아른
목에서 목숨을 보며
하나되어 눈물꽃

노란빛 출렁이는 바다 끝 하늘 끝에
그리움 하나되어 자맥질 높아지고
목마른 구름적시는
한 모금의 아픔꽃

물때에 추억새겨 채우는 텅 빈 마음
손대면 물러설 듯 물러서면 다가올 듯
빈 갯벌 끝자락잡고
기다리는 미소꽃.

노점상

한 줌의 여명(黎明)담아 펼처논 하루의 꿈
오가는 무관심에 나물을 들썩이고
주머니 어루만지며
기대하는 마수걸이

곤두선 말초신경 거칠은 노랑완장
달리며 떨어지는 하늘 뜻 한 모퉁이
매달린 피붙이 울음
달라붙는 눈망울

어제의 푸르른 꿈 생각 속 머무르고
시간은 얼어붙고 마음은 떠도는데
넋 잃은 달빛 당기며
괜찮겠지 내일은.

한 줌의 흙을 쥐고

생명이 꿈틀대며 혼돈속 뿌리내려
만물의 근원되는 태초의 꿈 이루며
하나씩 이루어가는 삶 가운데 희망들

눌려도 일어나고 헤쳐도 꿈틀대는
끈끈한 움직임에 부딪치는 희노애락
더불어 하나가 되는 몸과 마음 생각들

흑암의 시간들을 소리없이 건뎌내며
창조의 숭고함과 찬란한 장중함도
묵묵히 가슴에 품은 넓고 깊은 마음터.

열둘 친구

序
첫 울음 기뻐할 때 열둘 중 또 다른 나
형태는 없지마는 상상을 같이하며
애완(愛玩)의 기쁨누리는 또 다른 나 내 분신.

子
가까이 때론 멀리 근면과 다산(多產)으로
동화속 정겨움이 마우스(mouse) 길을 따라
아픔과 기쁨을 주며 소(牛)등에서 환호성.

丑
세월을 이끄는 힘 순종의 워낭소리
멍에에 얹힌 집념 모든 것 내어주고
영각*이 마음속 따라 삶 속 깊이 울린다.

* 　영각: 소가 길게 우는 소리.

안녕, 독도!

寅

곶감이 무섭지만 모두가 벌벌떠네
산천을 호령하고 사귀(邪鬼)도 물리치니
어쩌면 이리 같을꼬 생각나는 아버지.

卯

달나라 바다속을 정겹게 넘나들며
사랑과 귀여움에 지혜를 가득담아
뛰어서 넘고 넘어서 주워오는 열매들.

辰

상상의 나래펴며 합쳐진 한 몸되어
여의주(如意珠) 환상조화 우주를 수호하네
용틀임 용솟음칠때 벅찬 가슴 힘솟네.

巳

원죄(原罪)가 미움되어 지혜로 위로받고
흔들며 굽이굽이 저 낮은 세상에서
없는 듯 몸부림치고 희생하며 빛되네.

午

태고적 광풍몰아 산하를 잠재우고

꿈과 꿈 이어주며 휘몰아 내달릴 때
초인(超人)은 열정을 타고 태양 끝에 머문다.

未
순록(純綠)의 안식입고 순백(純白)의 사랑주고
침묵의 순종따라 속죄의 제물되어
예부터 먼 훗날까지 아름다움 영혼꽃.

申
악동을 만났구나 즐겁지 아니한가
재미난 팬터마임 웃음꽃 건강만세
어쩌면 그리 같을꼬 조상일까 혹시나.

酉
여명(黎明)에 날 부르고 포란(抱卵)에 꿈 부르며
황금빛 목청높여 전설의 날개짓에
또 하나 새로운 세상 창조의 창(窓) 열린다.

戌
강함과 온유함이 어울려 사랑으로
귀염과 늠름함이 복종의 본이 되며
충성이 그림자되어 동고동락 빛나네.

亥

하늘을 볼 수 없어 땅에서 받은 축복
모든 것 내어줘도 모든 것 품고있어
풍요와 넓은 여유가 깊어지는 복덩이.

終

열둘 중 단 하나만 나의 삶 어딘가에
영혼과 하나되어 영원한 길을 가고
혹 다시 태어난다해도 하늘의 뜻 나의 삶.

은반(銀盤)

김연아, 올림픽 신기록을 보며

마음에 수놓아진 별 하나 꿈의 열정

하나로 이어지며 은하수 불꽃축제

환희의 별빛 흐르는 가슴벅찬 눈물들.

코로나

우한(武漢)*의 노점(露店)상인(商人) 최초로 감염되어
세계로 퍼져나간 무서운 바이러스
박쥐가 왜 갖고있었나 마구잡이 복수인가

태양의 맨 바깥쪽 하얗게 빛나는데
온도가 일백만 도 뜨겁게 춤을 추네
일식(日蝕)**때 만날 수 있는 그 이름은 코로나

감염성 입자들에 코로나 이름붙여
빠르게 타 버리길 간절히 기도하나
참혹한 피해를 주며 날구장창*** 퍼지네

수억만 확진되고 수천만 죽음되어
말(言)하고 모이는 것 사라진 황망세상
어쩌다 이런 세상이 우리 곁에 있을꼬

*   우한(武漢): 중국 후베이성(湖北省)의 성도(省都).
**   일식(日蝕): 달이 태양의 일부나 전부를 가리는 현상.
*** 날구장창: 날마다 계속해서.

너무도 아픈 피해 조물주의 경고인가

쓸데없는 말(言) 멈추라고 입 파수꾼 주셨나

손으로 좋은 일하라고 손씻기를 시키셨나

이웃의 소중함을 알라고 거리두기 시키셨나

자연보호 환경보전 아름답게 가꾸며 지키며

서로가 하나가 되어 극복하세 이 난국(難局).

2022 월드컵

뜨거운 더 뜨거운 둥글게 더 둥글게
영원히 짝짝 짝 짝짝 대한민국 파이팅

혼자서 꾸는 꿈도 함께 꾸면 멋진 현실
승리를 갈구할 땐 모두가 붉은악마
외쳐라 오! 필승코리아 파도치는 함성들

뜨거운 사명품고 한 몸된 태극전사
땀으로 쌓아올린 옹골진 탄탄내공
주사위 높이던지며 보무당당 줄사표

첫 경기 당당하게 주도권 확보하여
과감한 정면승부로 공격활로 만들고 철벽수비조직
물샐틈 전혀없네
무승부 전략전술로 귀한 승점 브라보

안녕, 독도!

강하게 몰아치다 순식간 뺏긴 점수
조규성 헤딩 두 골 세계가 깜짝깜짝
한국의 반격은 아름다운 미친 경기
기대감 마음에 품고 아쉽지만 졌잘싸*

불굴의 태극전사 꺾이지 않는 마음
끝까지 포기는 없다 김영권 동점골에 전국이 열광하고
손흥민의 절묘한 어시스트, 황희찬 역전골로 16강
목표달성 지구촌 들썩들썩, 울컥, 감동, 추억, 자긍심,
하나된 대한민국 짝짝 짝 짝짝
또 보고 또 다시봐도 더 뜨거운 심장들

한곳에 모두모여 한마음 한 몸되어
둥글게 더 둥글게 뜨거운 더 뜨거운
영원히 짝짝 짝 짝짝 대한민국 파이팅

*　　졌잘싸: '졌지만 잘 싸웠다'의 약어.

제3부

사물놀이

사물(四物)놀이

징

묵음(默音)이 싹틔우는 박동(博動)의 깊은 소리

태초의 심신(深信)사상 응집되어 퍼져가면

웅혼(雄渾)히 가슴 벅차는 심열성복(心悅誠服) 승전고(勝
戰鼓)

장구

풍치(風致)에 심신묻고 무념(無念)에 나래펴며

맛과 멋 흠뻑 취한 청아(淸雅)한 어린 몸짓

허리를 휘감아도는 고운 가락 밝은 빛

북

무념에 침참(沈潛)하는 깊고 긴 선율(旋律)의 정(情)

중후(重厚)한 모습으로 가슴깊이 다가설 때

멈출 듯 깊게 울리는 심오(深奧)한 삶의 성량(聲量)

쟁과리

홍치(興致)로 역어내는 강렬한 음색(音色)따라

찬란히 살아나는 신명의 현란한 빛

속세(俗世)의 어지러움을 흡입하며 신바람.

안녕, 독도!

달무리

가슴에 피어나는
아리한 삶의 애환

꿈따라 노래따라
마음은 너울지고

인생의 모서리 끝에 핀
소리없는 달무리.

이별

두 별이 하나되어 추억을 쌓았다가

한 별이 떠나가니 하늘이 슬피우네

첫사랑 이룰 수 없어 이별 노래 부르네.

고향

시공(時空)을 넘나들며
가슴속 깊은 곳에

조용히 내려앉은
아련한 삶의 추억

언제나 마음길 따라
그리워라 내 고향.

새벽

시작을 의미하는 가슴속 노래인 듯
뜻모아 하늘열면 다가오는 하얀 선율
역동의 푸른 날갯짓
휘감는다 온몸을

빛으로 대화하는 거룩한 마음속에
합장한 가슴으로 내 모습 돌아보고
내 삶을 찾아나서는
빈 길 걷는 이 마음.

삶, 안개 그리고 빛

생각이 어지럽게 흩어져 꿈나라로
어제의 모든 일이 여명속에 자글대고
한순간 멈춰 버려진 일손이 희뿌옇다

무너진 한켠에는 물음표 쌓여있고
버텨온 집념들이 마침표로 정리될 때
꽃들은 기회를 잃고 골짜기에 숨어든다

서머한* 찬이슬이 시나브로 가슴속에
그늘진 얼굴들과 마주친 어지러움
순식간 낚아채보는 는개**의 푸르른 빛.

*   서머한: 미안하여 볼 낯이 없는.
**   는개: 안개보다는 조금 굵고 이슬비보다는 가는 비.

도시인(都市人)

회색빛 공간에서 쏴대는 바이러스
번지는 세포속에 도돌이 목소리들
오늘도 자아를 찾아 숨길 나를 찾는다

어둠이 덜컹대며 깔리는 지친 저녁
쳇바퀴 돌고돌다 침묵은 잠이 들고
얽어진 시간표따라 발길들이 엉킨다

마지막 내달리는 무제한 빛과 소리
안식처 찾아가는 무거운 걸음걸음
꿈으로 온몸을 덮고 지친 하루 달랜다.

징검다리

밑바닥 아래에서 바닥으로 이어지며
낮추며 엎드려서 견뎌온 깊은 몸짓
차가운 슬픈 모서리 몽돌되어 빛나네

생김새 다르다며 물방울 웃음겨도
혼자서는 소용없어 건너뛰며 하나되어
생각이 만남이 되어 이어주는 둥근 꿈

세파의 거센물결 휘감아 몰아쳐도
묵묵히 받아내며 제 할 일 이뤄내고
내디딘 흔적의 세월 징검다리 내마음.

벽

모든걸 막아선 채 도대체 말은 없고
들어도 못들은 척 들려도 안 들은척
버텨온 세월속에서 묵묵부답 최고인양

금이간 틈 사이로 오가는 바람소식
조금씩 벌어지는 틈 속에 갇힌 씨앗
흔들고 발버둥치며 겨우 겨우 피는 꽃

덩굴이 타고넘어 전해준 새소식에
닫혔던 마음열어 들으며 생각하며
옛모습 무너뜨리고 하나되는 마음열매.

늪

더 이상 갈 수 없어 더 깊이 내려가면
침묵이 침잠(沈潛)하며 묵음(默吟)에 쌓인 둘레
막다른 갈등의 파문 절망딛고 번진다

갈망의 군락지대 태초의 움직임들
정화된 회귀본능 갈음질 꿈틀꿈틀
억겁(億劫)을 찾아나서는 눈이 부신 풍경화.

달팽이

거기에 있을거야 꿈 싣고 느릿느릿

축축한 몸통 끌며 견뎌온 삶의 흔적

그늘진 낮은곳에서 구름안고 하늘보며.

대나무

생각이 머문곳에 매듭이 멈춰서고

모든게 부끄러워 속살마저 여백(餘白)되어

오르고 또 오르면서 삶의 끝에 꽃피고.

별

막대기 끝에 걸려 빛나던 어린 눈빛
따달라 졸라대면 따자며 깡총깡총
어느덧 마음 깊숙이 깊어지는 별 이야기

안개속 무한경쟁 묻혀진 젊은 눈빛
구름낀 하늘에는 흐르다 멈춘 별빛
잠자는 별들의 침묵 잠 못자는 나의 노래

세월이 흘렀어도 불변의 반짝반짝
그 빛이 되살려준 막대기 끝 별 이야기
별들이 부르는 소리 별의 고향 내마음

빛나는 어디에서 내 눈을 보았는가
서로가 깜박이며 무슨 말 오갔는가
언젠가 만나서 알겠지 반짝이는 영혼을.

낮달

마음이 머물다 간
허공의 빈자리에

세상 일 가득 채워
봉인한 떠도는 꿈

희미한 그림자따라
깊은 밤을 찾는다.

촛불

마음을 가다듬고 허리를 곧추세워

길거나 짧지않게 눈물로 키를 맞춰

비추되 흔들림없이 하늘향해 외로이.

돌(石)

어릴 적 개울따라 건져낸 각오들이
갈수록 탈골되어 부서져 작아지고
구르며 익숙해지며 부드럽게 잡히네

황금을 바라보면 돌처럼 생각될까
마음을 손질해도 세파(世波)가 흔드는데
탄생석 사파이어는 달력속에 멈춰있네

던져진 의식들이 함성속 진실인가
부서진 생각들은 말없이 뒹구는데
눈(眼) 감은 광장의 아픔들 주먹쥐고 돌쥐고

멈추면 이끼사랑 구르면 빛의 열매
서로를 이어주는 징검돌 노래소리
온 세상 들어와 박혀 팽창하는 지구별.

어부

매어둔 비린 내음 향기로 출렁이고

퍼드득 노래하면 꿈들이 튀오르네

저 멀리 노인과 바다 행복신고 어영차.

까치

가지 끝 소박한 집
포란(抱卵)의 꿈을 안고

포근한 낙엽이불
밀어(密語)로 이룬 사랑

누군가 들여다볼까
가지 하나 더 올린다.

이슬

연모(戀慕)를 머금은 듯
터질듯 하얀 자태

기다려 쌓아놓은
방울방울 마음마음

참았던 그리움 끝에
쏟아지는 님의 여명(黎明).

그리움

따스한 고운마음 꽃처럼 화사하게
옥구슬 구르듯이 파아란 환한얼굴
살포시 고운 자태에 마음모아 심호흡

젊음이 날아올라 머무는 하늘가에
뜨거운 정(情)에 쏠려 마음을 불태우고
떨리는 심장소리에 땅끝에서 안절부절

말할까 그만둘까 입안 가득 말(言) 고이고
눈동자 우물쭈물 발끝에서 흔들리면
아쉬움 옷깃 적시며 돌아서는 그림자

금이 간 유리잔에 스며든 눈물방울
깨질까 조바심에 쌓이는 안타까움
감싸진 빈 잔 사이로 무지개 빛 추억들

흘러간 청춘의 꿈 되새겨 바라보면
아쉬운 설렘 길을 가로막는 현실 담장
뚫어진 시간사이로 그리움을 부른다.

기다림

밤이슬 견뎌내며 연인을 그립니다

사랑의 잎새마다 은은한 향기품고

마음은 늘 변함없이 기다려요 내일을.

바람

흐르는 사연마다 갖가지 모양담아

모두의 마음속에 살포시 담아두고

때때로 살짝보고는 사라지는 그리움.

십장생(十長生)

序
하늘에 꿈 오르고 땅 위에 소망가득
생명탑 쌓아가며 하나로 어울리면
모두가 원하는대로 영원찬가 부르라

太陽
넘치는 활력으로 열정적 몸짓으로
세상을 아우르며 어둠에 희망주며
부동(不動)의 그 자리에서 모두에게 사랑을

月
아는 듯 모르는 듯 풍류(風流)로 세월묶고
유희(遊戱)의 아름다움 삶속에 흐르는데
낮에도 자태 뽐내며 변화무쌍(變化無雙) 넘치네

水
세상의 모든 교훈 품고서 흐르는가

채우고 넘쳐흘러 순리의 풍요(豊饒)주니
마음을 덮고도 남을 길고넓은 푸른 꿈

山
거기서 굳건하게 세상사 품에 안고
불변의 진리안에 변화를 내어주며
당당히 받아들이는 소리없는 장중(莊重)함

雲
흐르며 그려보는 추상화 희노애락
박동(搏動)의 음율따라 격동(激動)하는 몸짓속에
오묘한 오색길따라 꿈에 젖는 행복감

鶴
고요가 멈춘곳에 비상(飛上)의 날개펴고
고고(高高)한 자태갖춰 날으라 세상향해
높지도 낮지도 않게 두루두루 감싸라

鹿
머얼리 바라보며 벅차게 뛰오른다
광속의 기쁨타고 초원을 평정(平靜)하며
온유와 사랑속에서 내려지는 평화여!

龜

천년의 길을 위해 오늘을 알아가고

순환의 깊은 진리 신선(神仙)의 심장되어

영물(靈物)의 거북수복부 간직하며 만만세

松

깊음이 뚫은 바위 샘솟는 푸른 절개(節槪)

새로운 세상향해 뻗어간 가지 끝에

승화(昇華)된 삶의 결정체 변화되어 영원하라

竹

꾸었던 꿈을 따라 창공에 수(繡)를 놓아

곧고도 강한 의지 푸르른 일취월장(日就月將)

보이지 않는곳에서 찰라(刹那)의 꿈 꾸었나

終

하나로 귀결(歸結)되는 만물의 만고진리(萬古眞理)

다른 듯 같은 생각 둥그런 모양갖춰

모든 것 사람위하는 복(福)의 근원 되리라.

제4부

한우리

한우리

격변의 세월속에 모든 것 이겨내며
자식을 키워내신 그 사랑 영원하리
지금은 하늘나라에 큰 별되어 빛나네

상호간 깊은 우애 진실된 삶 속에서
정으로 하나되어 숙성된 라온* 가족
예쁜 꽃 숙진과 예진 아름답게 빛나네

기쁨과 즐거움이 동그라미 그리면서
미소를 머금으며 현실을 더 알차게
빛난 꿈 지혜와 지현 혜성처럼 빛나네

상큼한 나래펴며 운명을 이겨내고
정으로 가득채운 혜안의 밝은 미소
사랑별 건희와 세희 찬란하게 빛나네

창연히 펼쳐지는 곡식의 풍요처럼

* 라온: 즐거운.

미래를 활짝열고 옥구슬 빛나듯이
단비한[*] 혜인과 지원 희망으로 빛나네.

---

*   단비한: 달콤하고 사랑스런 여인.

아가들

서연
"똑"소리 방안 가득 밝은 햇살 얼굴가득
초로롱 맑은 눈엔 파란 하늘 물결치네
눈맞춘 사랑이야기
에쁜 대화 "옹알옹알"

하연
작아진 푸른하늘 눈동자와 친구하며
포근한 햇살따라 날아가는 앙징 몸짓
뭐하나 사알짝 열면
반짝 두 눈 내 맘속에

아인
금구슬 송알송알 옥구슬 아롱아롱
인형의 모습보다 더 에뻐 자꾸보네
귀여워 귀여워 외침
에서제서* 들리네.

*   에서제서: '여기에서 저기에서'의 준말.

어머니

뼈아픈 세월속에 간절히 무릎꿇고

절대자의 빛을 따라 묵묵히 견뎌온 삶 이름마저도
바뀌버린 억압의 거친 말발굽에 생각도 사라지고
어둠 속 소용돌이 가운데 겨우겨우 되찾은 빛을 보며
깊은 심호흡으로 파란하늘을 보았지만 아! 이념으로
갈라진 혈육의 핏빛으로 눈물로 수(繡)놓아진 절망계곡을
헤맸다 부서진 희망을 품고 허기진 보릿고개를 넘고
넘어 꿈을 땀방울로 바꾸며 달리고 달려온 세월들
새로운 빛을 이뤘고 그리고… 주무시다

그곳의 빛과 사랑이 다시뵈요 어머니.

홍시(紅柿)

가을끝 끝자리에 어머니 깊은 미소
떫은맛 이겨내신 험난한 세월뒤에
맞갖*은 부드러움이 하나 가득 마음에

어둠을 어둠으로 물리친 삶의 자취
한줄기 붉은 빛이 온몸을 불태울때
겉보다 속이 더 붉은 고운 자태 감칠맛

설익은 고난의 길 침묵으로 얘기하고
또 다른 결실위해 묵묵히 수행한 몸
살며시 드러난 입술 노을보다 붉어라.

* 맞갖: 마음이나 입맛에 꼭 맞다.

암

아내의 친어머니
그렇게 떠나셨다

오로지 자식위해
모든걸 바치셨다

장모님 천국서 봬요
그래야지 암, 그려.

아~빠

"왜 불러" 말이 없다 배시시 낯선 미소

흐르는 침묵속에 오고가는 깊은 의미

허기진 지갑 채우고 마음가득 미소가.

차 조심하고

달그락 단잠깨워 차려놓은 홀어미 정(情)

새벽 별 끌어다가 구두에 붙여놓고

조심혀 잘 댕겨오라 이어하는 그 말씀.

마음에…

한 발짝 앞에 가고 반 발짝 뒤로 오고
조리개 발길 맞춰 누르는 순간까지
시간과 공간 사이로 숨죽이는 기다림

금방은 볼 수 없어 궁금은 쌓어가고
맡겨진 추억들이 잘되길 기다리며
마음과 마음 사이로 나를 찾는 기대감

아, 이때 이랬던가 웃음과 탄식들이
눈으로 읽어가고 마음으로 넘기면서
삶 속에 남겨둔 추억 다시 찍는 내 마음.

첫 버스

두 발로 동동동동 어둠을 이겨낼 때
기다린 첫 음성은 "곧 도착할 버스는"
반가움 가득 품고서
온몸 싣고 달린다

침묵이 자리잡은 빈자리 털썩앉아
단잠을 다시 불러 끊어진 얘기할 때
"다음에 내리실 곳은"
흔들리는 생각들

"아~빠 힘내세요" 눈동자 초점맞춰
"우리가 있잖아요" 두 다리 힘을 줄때
"이번에 내리실 곳은"
삶의 의욕 넘친 곳.

대청호 연서(戀書)

어둠이 눈(眼) 가리고 갈등이 불 오를때
깊은 밤 물의 손짓 마음에 꽃피우며
넓은 품 영혼의 요람 위로되어 안기네

시공(時空)을 넘나들며 별빛에 맺힌 사랑
숨겨진 이야기들 졸졸졸 풀어내며
맞잡은 손길과 물길 나를 잊지 마세요

선돌과 돌탑사이 장승이 미소짓고
호수 속 문의마을* 옛터에 올라앉아
어울린 물 꽃의 화음 절정이룬 사랑가

내일로 퍼져가는 너울진 이슬편지
바람경(經) 소리내며 가슴에 머무는데
그리운 사랑의 끝자락 수척해진 물소리.

---

* 　문의마을: 물에 잠기기 전의 마을.

시간의 수(繡)를 놓으며

어머니, 억눌렸던 뻐시린 세월속에
눈물로 수(繡)놓으며 몰아쉰 아픈 가슴
둘러멘 보따리에서 피가 되어 흐릅니다

큰 놈은 북쪽으로 작은 놈 경찰되어
갈라져 터져버린 이념의 틈 사이로
한숨의 수(繡)를 적시며 발 끝으로 웁니다

꿰매고 또 꿰매고 덧붙인 숱한 사연
행복의 문살보다 많았던 죽음 문턱
기도와 강한 집념으로 이루어낸 삶의 깊이

과거는 수(繡)놓아진 시간속 의미일 뿐
차가운 열정안고 쉼없이 창조하는
지금의 소중한 가치 갈고닦는 행복감

무엇을 더 바랄까 작은 빛 귀소(歸巢)본능
무릎과 두 손 모은 간절한 소원 하나
영혼의 시간속에서 편안함을 이루소서.

계단, 음계를 따라

도래샘* 물길되어 계단을 오르는데
레몬향 번져오는 열린 문 이웃사촌
미쁘다 마음 든든한 사랑듬뿍 방시레

미소띤 어르신네 가벼운 눈짓 몸짓
파발꾼 마음되어 안부인사 드리는데
'솔찬히 힘들어부러 올라가기 힘들어'

솔바람 한 줄기가 잠시 들린 중간층에
라운지 따로있나 여유갖고 풍경감상
시신경 머무는 곳에 환상적인 저녁놀

시골길 생각하며 콧노래 흥얼흥얼
도착역 어디인가 어느덧 우리집 앞
고장난 승강기 덕에 높은 음(音)에 오르네.

* 도래샘: 빙 돌아서 흐르는 샘물.

낚시

생각을 들이밀고 세월을 되돌리면

파르르 떠는 물빛 심장이 요동친다

잊었던 내 삶의 꿈들 당겨본다 월척이다.

그 무렵

운 좋아 빈 산에서 찬란한 빛을 볼때
세상을 물들이며 불꽃 핀 눈(眼)을 본다
첫사랑 노랫소리가 깔리는 해 질 무렵

공중에 아로새긴 이별의 낙서들이
애잔한 소리되어 옷깃에 스며들고
옛 추억 되돌아보며 기다리는 꿈 깰 무렵

어둠이 조심조심 속삭이듯 다가오고
애틋한 노래 조각 바람되어 흩어지면
황홀한 아름다움도 잦아드는 별 뜰 무렵.

川, 生

언젠가 나도 몰래 밀려온 물길 추억

뺨에도 아련하게 흐르는 가을의 끝

바닥에 머물듯 가는 얼룩덜룩 내 얼굴.

내 마음의 봄

무엇을 그리려고 모락모락 오르는지
나 홀로 담아내는 실부늬 하얀 추억
폭설로 닫힌 마음을 심장이 두드린다

조용히 다가서면 봄내음 피어나고
입술의 깊은 사랑 마음속 가득 채워
온몸을 감싸고 도는 파릇파릇 떨리는 꿈

한 폭의 새싹 언어 손끝에 스며들고
입속에 가득고여 풀어내는 봄의 갈증
노오란 행복을 찾는 봄볕따라 내 발길.

귀향(歸鄕)

추억을 매만지는 넉넉한 마음인 듯

고향집 상념(想念)속에 그리움 반겨주고

번갈아 말타기하면

벗겨지는 가면(假面)들

사라진 삶의 자침(磁針) 되내이다 찔린 손끝

주마등 사랑켜고 온갖 정성 비춰보면

조금씩 피어오르며

하나되는 악동(惡童)들.

잔설(殘雪)

눈보라 깊은 눈물 참았던 설움인가
아픔을 기억하며 조금씩 남긴 흔적
되새겨 그리워지는 아버지의 검버섯

담장밑 머문 그늘 오늘은 차갑지만
내일을 기대하듯 바람에 실린 잔상(殘像)
초상화 백발사이로 떨어지는 추억들

계절이 교차하는 시간의 한계점에
멈추면 안되기에 허물이 남긴 자리
영혼의 아름다움을 수묵화로 채운다

남긴 것 사라져도 자유혼 살아있어
흑과 백 넘나들며 생사를 초월하는
열정의 몸부림으로 이뤄내는 새세상.

옛마당

시신경 멈춘 자리 기억의 틈 사이로
아버지의 슬픈 화석 무너진 담장너머
그리움 켜켜이 쌓이며 스며드는 긴 침묵

별빛에 젖은 옷깃 달빛에 말리면서
어둠을 어둠으로 이겨낸 발자국들
숨어든 가을볕따라 되새기는 모성애(母性愛)

흩어진 그리움들 뇌리에 맞춰가고
사라진 흔적들을 눈빛으로 일으키며
새롭게 들여다보는 빛바랜 어제의 꿈

흙묻은 추억조차 덮어진 옛마당에
차디찬 기계음이 그리움의 울림인가
느려진 그림자안고 돌아서는 눈이슬.

껍질
삶을 되돌아보며

바람의 옷을 입고 생각의 터를 덮고
지우며 사라지는 기억을 되살려서
켜켜이 쌓아 올려진
격정어린 집념들

속살을 감추려다 탈피한 뒤안길에
내면의 거친 호흡 추억을 뱉어내고
부풀며 굳어져가는
삶의 흔적 그림자

갈라진 길을 따라 모든 것 숨겨놓고
어둠을 어둠으로 이기며 침묵하는
차디 찬 갈피갈피에
덮어지는 갑옷들.

태초에

혼돈, 아 작은 점…점
있으라! 한 줄기 빛

찰라, 그 짧은 순간
강렬한 생명의 힘

흔적, 오! 심장의 외침
보았노라 태초에.

원죄(原罪)

의식이 희미하고 감각이 무뎌져도

내면의 깊은 생각 불처럼 타오르고

새롭게 되새겨 보는 에덴의 꿈 그리네.

새벽 기도

세속(世俗)에 젖어드는
심신의 깊은 상념(想念)

마음을 정좌(靜坐)하면
침전(沈澱)하는 하얀 갈등(葛藤)

또 다른 격랑(激浪)이 일때
절대자의 이정표(里程標).

간구(懇求)

　　고달픈 두 손 속에
　　세상이 담겨있고

　　깊어진 간절함에
　　열리는 우주만물

　　맑아진 영혼의 우물
　　여유로운 날갯짓.

성탄

세상에 빛이 되어 죄인을 구하시려
처녀의 육신에서 성령으로 잉태되어
대속의 보혈 흘리신 임마누엘 우리 주

유대 땅 말 구유에 아기로 오신 예수
죄지은 우리 위해 십자가 지셨으니
우리의 모든 죗값이 구원되어 빛나네

동방의 박사들이 큰 별을 보고왔네
구유에 누워 계신 구주께 경배하고
황금과 유향과 몰약 귀한 예물 드렸네

물질에 붙잡혀서 예수정신 사라지고
명예가 최고인 양 아귀다툼 넘치는데
독생자 우리 주 예수 마음아파 우시네

성탄의 참된 진리 어디에 묻혔는가
주님은 간 곳 없고 상혼(商魂)만 가득하네
우상이 가득찬 세상 참된 회개 바라라.

제5부

안녕, 독도!

옴니버스omnibus
시조

안녕, 독도!

　　그 누가 아무리 자기네 땅이라고 우겨도
독도는 우리 땅

- 노래『독도는 우리 땅』에서

　　용암 속 장구(長久)세월 뜨거운 이야기들
동과 서 하나로 뭉쳐 온누리에 찬란히

　　태곳적
옷을 입고
파도와 대화 속에

　　서로를
의지하며
지켜온 몸과 마음

냉엄한

감각을 품고

뿌리내린 집념들.

처음 사랑

해와 달 처음으로 이 땅을 비추일 때
독도가 가장 먼저 그 모습 드러내어
우리 땅 깨어있음을 외쳤노라 만방에-

활화산 용암으로 굳어진 온골* 세월
460만 년 전 독도, 울릉도 제주도보다 먼저 태어나
거친 파도를 뚫고 기기묘묘 각양각색 화산암 바위들이
위용을 드러냈네.
바닷속을 지키는 산, 산, 산- 해산(海山)이어
안용부해산, 심흥택해산, 이사부해산 든든하구나
한 살매** 사랑하리라 처음 사랑 독도야.

---

*   온골: 백만(百萬)을 뜻하는 옛말, 오래됨을 의미.
** 한 살매: 목숨이 다할 때까지.

우산(于山), 울릉(鬱陵)

서양의 옛 지도와 일본의 옛 지도에
독도와 대마도는 조선의 섬이라네
억지로 우기는 짓을 언제까지 할건가

최초에 삼국사기 독도를 우산도라
이사부 신라장군 우산국 복속했네
이외도 수많은 사료(史料)에 우산국은 독도라

동해의 정동쪽에 두 섬이 눈부시다
울릉과 우산은 날씨 맑으면 서로 바라볼 수 있는
우산국 땅이라고 고려사, 세종실록지리지, 신증동국여지
승람,
강계고, 동국문헌비고, 만기요람, 증보문헌비고 등등등
우리의 땅이라고 북소리 둥둥둥 목 터져라 와와와
선조들 뜨거운 외침 이어가리 영원히.

독도애인(獨島愛人)

불타는 애국심에 동해가 끓는구나
냉철한 마음으로 목숨을 목에 걸고
한 뼘도 내줄 수 없기에 독도애인 왔노라

지금도 살아있는 영혼의 아름다움
우산국을 복속한 신라장군 이사부, 왜국에 건너가
담판지은 안용복, 불법잠입 벌목하는 왜인쫓은 이규원,
불법편입 고발한 울릉군수 심흥택, 손발 터져가며
한국령 글자 새긴 독도의용수비대와 의용대장 홍순칠,
최초 독도주민 최종덕, 이장 김성도, 울릉도에 독도
기념관 세운 이종학, 지금도 경비대원, 등대원,
안전관리원들 독도를 사수하네
맥맥히 이어져 오는 선열들의 독도애(獨島愛).

발길로 다진 사랑 함성되어 퍼져가고
격하게 끌어안은 끈끈한 몸과 마음
용틀임 용솟음쳐라 우리 애인 독도야.

꽃들의 노래

짜디짠 바닷바람 모지름* 힘들어도
간절한 사랑품고 조금씩 마음뻗어
기어이 꽃을 피우는 맏뜻**어린 각오들

오늘도 변함없이 자태를 드러내는
친근한 정과 그리움으로 꽃피운 갯까치수염, 작지만
씩씩함을 드러내는 땅채송화, 열정의 기다림으로
나라를 사랑하는 섬기린초, 망부석이 되더라도 지키겠다
는 의지의 번행초, 침묵으로 억지논리를 이겨내는
왕해국, 이곳에 피는 모든 꽃들은 영원히 당신것이라는
왕호장군,
100년 이상 지켜온 최고(最古)의 독도사철나무 모양과 이
름은 달라도 모두모두 형제아닌가
가풀막*** 돌비알****이지만 함치르르***** 피우리.

---

*   모지름: 괴로움을 견디어 내려고 기를 쓰다.
**   맏뜻: 처음 먹은 마음.
*** 가풀막: 가파른 땅바닥.
**** 돌비알: 깎아 세운 듯한 돌언덕.
***** 함치르르: 깨끗하고도 윤이 나는 모양.

             안녕, 독도!

조어우애(鳥魚友愛)

조류들 피난처로 철새들 오가는 곳
해조류 어류들이 춤추며 노니는 곳
청정의 천연기념물 곱다랗게* 빛나리

새들의 지저귐과 올차한** 날갯짓
꼬리를 흔들며 반갑게 맞아주는 안락할미새,
고양이 울음 흉내내는 괭이갈매기, 봄을 알리는 섬에
사는 슴새, 오랜 친구로 늘 가까이 다가오는 섬참새,
동해를 힘차게 가로 지르는 바다제비,
끼룩 끼룩 꾸-ㄱ, 꽈욱 꽈욱-꽈, 짹짹 쫑-찌잇
외로움 전혀 없어라 온새미로*** 날아라

---

*   곱다랗게: 변하지 않고 온전하게.
**   올차한: 야무지고 기운찬.
*** 온새미로: 언제나 변함없이 자연 그대로.

바닷속 각단지게* 지켜내는 어류들

　　날카로운 지느러미로 암초를 지키는 몰락,

까마귀도 무서워하는 먹물투사 오징어, 재물과 행운의

꿈을 이어주는 꽁치와 문어, 천년 전부터 자리잡은 미역,

바다의 산삼인 해삼, 어울려 동해를 풍요롭게하는

연어, 대구, 송어, 상어, 소라, 뱅어돔--- 황금어장

덩실 덩실 더덩실 신이나서 더덩실 덩실 더덩실

　　천만 년 든든하여라 안다미로** 영원히.

---

*　각단지게: 빈틈없고 야무지게.
**　안다미로: 그릇에 넘치도록 많이.

돌아올 강치

사계절 온화하고 난한류 합치는 곳
풍부한 먹을거리 번식지로 오롯하여*
평화를 이루어가며 강치천국 이뤘네

우렁찬 울음소리 동해를 호령하고
사람이 다가가도 피하지 않았구나
좋은 것 다내어주며 많은 식구 돌봤네

새끼를 먼저 잡아 어미를 끌어내는
왜구의 무분별한 잔인한 포획으로
지금은 그림자도 없는 나의 사랑 강치야

사라저 흔적없는 너의 모습 보고싶어
바다끝 여러곳에 심알** 잔흔 찾아내어
오늘도 되살리고자 등(燈) 밝히며 달린다.

---

*　　오롯한: 모자람 없이 온전한.
**　　심알: 마음의 알갱이.

파수(把守)의 꿈

한반도 동쪽 끝에 파수의 빛난 얼이
수십여 바위섬을 들차게* 끌어안은
부릅뜬 동도와 서도 우리 모두 심장에

깊은 뜻 사명안은 바위섬과 자드락길**
왜구를 물리치는 강인한 코끼리바위, 대한독립
외처대는 독립문바위, 호랑이 기개서린 한반도바위,
의리와 우애가 넘치는 삼형제바위, 미래의 희망을
불어주는 부채바위, 벼슬의 관을 쓴 탕건봉(宕巾峰),
독도이사부길에 독도경비대와 독도등대,
독도안용복길에 주민숙소,
언제라도 소식을 주고 받을 수 있는 40240
언제나 우리품에서 파수의 꿈 이루리.

---

*   들차게: 뜻이 굳세고 튼튼함.
** 자드락길: 산기슭의 비탈진 좁은길.

독도의 지킴이들 모두 모여 플래시몹[*]

분쟁화 획책하는 섬숭이 머릿속에

독도는 대한의 땅임을 깊이깊이 심으리.

[*] 플래시몹(flashmob): 정해진 시간과 장소에 모여 주어진 행동을 하고 사라지는 것.

보물섬

조그만 바위섬에 욕심을 부리는 왜(倭)
그 속에 담겨있는 몽니*를 모를소냐
옹골진** 엄청난 가치에 반복되는 자발질***

완벽한 유비무환 누군들 겁낼손가
러-일-북 음흉함을 콕 잡아내고, 영공과 영해를 확
넓혀주는 국토방위 바위섬, 선박긴급대피 및 구조,
항공기유도기지로 안전을 보장하는 생명의 바위섬
　독립과 주권의 횃불 힘의 가치 높도다

환경을 보호하며 가치를 높여가니
　새들이 노래하고 고기들이 춤추며 해초들의 손짓으로
사랑의 발길들이 찾아오는 바위섬, 기후예보, 어장예보,
지구환경연구에 큰 힘이 되는 해양과학의 바위섬
　끝없이 이어져가는 꿈의 낙원 독도여.

*　몽니: 음흉하고 심술궂게 욕심부리는 성질.
**　옹골진: 실속 있게 속이 꽉차다.
***　자발질: 경솔하고 방정맞게 행동하는 짓.

숨겨둔 복된 선물 신(神)이 준 사랑인가

빛되고 열매되어 이 땅에 뿌려질 때

웃음꽃 환한 열매가 주렁주렁 열리리

지나친 욕심안고 눈독을 들이는가

불타는 얼음이라 불리는 가스 하이드레이트*가

30년을 쓸 수 있기에 바짝 다가와 훔치려는가

2억톤 이상 매장된 인산염암(燐酸鹽巖)**에 마음이

욕심으로 가득 찼는가

무균청정(無菌淸淨) 해양심층수*** 마구마구 퍼가려는가

짯짯이**** 눈에 불을 켜 동해보물 지키리.

만세청청(萬歲靑靑)

  울릉도 엄마되고 독도는 아들되어
  서로가 한 몸으로 부르며 지내는데
  떼려고 억지부리며 말전주*를 하느냐

  이름을 바꾼다고 임자가 바뀌더냐
  리앙쿠르, 호넷, 다케시마, 마쓰시다 웬말이냐
삼봉도-우산도-가지도로 불리다가 고종임금이
독도라 불렀네.
중국, 러시아, 미국도 대한민국 영토라는데 어찌도
그리 망발(妄發)이 산발(散髮)이더냐
  한 핏줄 피가 흐르는 댕돌한** 너 독도야

  공허한 잡음으로 더욱더 강한 의지
  동쪽 끝 파수의 꿈 박동(搏動)속 견고하니
  흔들림 전혀없어라 내일향한 날갯짓.

---

*   말전주: 좋지 않은 말로 이간질하는 것.
** 댕돌한: 돌과 같이 아주 단단한.